Manfred Mergel

Der gewölbte Himmel

Texte in schwäbischer Mundart

BETULIUS VERLAG

Die Deutsche Bibliothek – CIP-Einheitsaufnahme

Mergel, Manfred:
Der gewölbte Himmel : Texte in schwäbischer Mundart /
Manfred Mergel. – Stuttgart : Betulius, 1998
ISBN 3-89511-051-5

1 2 00 98

Umschlaggestaltung: Atelier Reichert, Stuttgart,
unter Verwendung eines Fotos von Joachim Feist,
Pliezhausen.
Reproduktion: Ulf Dengler, Pix' Unlimited, Stuttgart.
Gesamtherstellung: Clausen & Bosse, Leck.

ISBN 3-89511-051-5

Inhalt

Vorwort

Vor einigen Jahren konnte ich beim Schreiben eine interessante Erfahrung machen. Statt eines schriftsprachlichen Textes entstand – plötzlich und ungewollt – ein mundartlicher Text. Seitdem gewann ich zunehmend die Freiheit, mich in meinem Dialekt auszudrücken.

Jeder Mensch denkt und fühlt in seiner Muttersprache. Die Niederschrift unserer Gedanken und Empfindungen erfordert ein Umsetzen der gesprochenen Sprache in die geschriebene Sprache.

Unsere Muttersprache ermöglicht ein echtes Verstehen der Wirklichkeit. Die Schriftsprache ist letztlich eine Kunstsprache abseits des gelebten Lebens. Sie wird der Fülle und der Tiefe menschlicher Gefühle und Gedanken niemals gerecht.

Der Dialekt ist mit dem Leben verwachsen. Der Dialekt formuliert bildhaft, verständlich, einfühlsam, klar und präzise. Der Dialekt ist erfahrungsgesättigt. Der Dialekt kann treffsicher die Wirklichkeit ergründen und deuten. Der Dialekt hilft zu leben. Der Dialekt überwindet leichter als die Hoch- oder Schriftsprache zwischenmenschliche Fremdheit und Distanz.

Die mundartliche Ausdrucksweise schafft in unserer hartherzigen, leeren und gefühlskalten Welt eine Herzlichkeit und Wärme, die uns eine immer stärker formalisierte und instrumentalisierte Hochsprache schuldig bleibt. Der Mensch spricht aus dem Herzen, wenn er in seiner Mundart spricht. Seine Worte gehen zu Herzen.

Ein Dialekt wird die Hochsprache niemals verdrängen. Die Hochsprache hat ihre eigene Berechtigung. Dieses Buch enthält auch hochsprachliche Texte. Stets aber lebt die Hochsprache von der Mundart – nicht umgekehrt!

Im Dialekt läßt sich alles sagen, was den menschlichen Alltag betrifft. Meine Texte erzählen von der schwäbischen Art zu leben, von der Zersiedelung unserer Landschaft, vom Menschsein und Christsein, von heiteren und ernsten Fragen, von der großen Politik und von kleinen Sorgen, von Lebenslust und Lebensglück, von Traurigkeit, vom Tod und von der Liebe.

Die meisten der Texte trug ich wiederholt einem kleineren oder größeren Publikum vor. Der Süddeutsche Rundfunk hat einige in seinem Hörfunk- und Fernsehprogramm gesendet. Zum Teil wurden sie bereits in Zeitungen und Zeitschriften veröffentlicht.

Bewußt verzichte ich auf eine phonetische Schreibweise. Mundartliteratur lebt vom Sprechen und Hören. Die Schreibweise ist zweitrangig. Sie ist immer

ein Notbehelf. Ich lege Wert darauf, daß meine Texte gut lesbar sind.
Die wohlwollende Aufnahme meines Buches »Das schwäbische Amen« hat mich in meiner literarischen Mundartarbeit bestätigt und ermutigt. Ich wünsche auch diesem Buch fröhliche und nachdenkliche Leser.
Das Leben kennt mancherlei Schwere und Bitterkeit. Das Leben zeigt uns seine Schönheit und seinen Glanz. Trotz dunkler Wolken und gelegentlicher Gewitterstimmung breitet sich über uns einladendfreundlich der gewölbte Himmel.

Gärtringen in Württemberg, Juni 1998

Manfred Mergel

Lebenslust

Schaffa isch a gschäft.
Des will glernt sei.
Aber ds faulenza
will au glernt sei!

Wer kann des scho
faulenza
a ruh geba
nachgeba
nahocka
leba

d welt de lumpig
vergessa
mit ihre händel
mit ihrer freud
mit ihre sorga

amol et
schaffa
on gruppa
on schaba
on scherra
on schinda
wie ogscheit

triela
in tag neileba
wer kann des scho?

Schizophrenie

Sagt r zu mr
fort war e
weit fort
am andera end
von dr welt
daß e nix mehr gseha han
von meim gschäft
on han me verwöhna lassa.

Sag e zu m
bleib drheim
on gönn dr a rühle
do isch au schö.

Sagt r zu mr
ds ganz jahr
schaff e wie et gscheit
daß e be halba he.

Sag e zu m
sei amol gscheit
schaff weniger
mach de et he.

Schwäbischer Fleiß

Mir schwaba
mir sen schaffer.
Bei ons schafft
no au alles.
Ds holz schafft
dr maga schafft
dr most on dr wei.
On natürlich
bei ons schwaba
schafft ds geld.

Unsere Zivilisation fußt auf der Lüge der Machbarkeit aller Dinge.

Besitzerstolz

Wenn dr schwab
ds maul aufmacht
no schwätzt r
von seim sach.

I han mei sach.
I zahl mei sach.
I lauf mei sach.
I denk mei sach.
I sag mei sach.

Auf onser sach
sem mr scho
hehlinge stolz.

Was ist ein Zeitgenosse? Ein Zeitgenosse ist ein Mensch, der Zeit hat und sich Zeit nimmt, für den Zeit mehr ist als Geld.

Der Schwabe

Dr schwab
der isch verdruckt.

Der verdruckt sei freud
der freut sich hehlinge.
Wen geht des a
ob i mi freu?
S könnt ja ebber
komma on saga
dem geht s z gut!

Dr schwab
der verdruckt sein kummer
der isch hehlinge deprimiert.
Des geht au niemand a!
Zletzta kommt einer on sagt
der wird s verdient han
daß m s dreckig geht!

Sich selber zu überzeugen, ist immer am schwierigsten.

Ewig unzufrieden

Wissat r was?
Euch
euch kann s niemand
recht macha.

Wenn s im frühjahr
no kalt isch
no sagat r
s könnt au
a bißle wärmer sei.
On isch s
drei tag später
scho saumäßig warm
no sagat r
o wär s no net
so heiß.
Ebbes
hen r doch emmer
zum bruttla.

Wissat r was?
Euch
euch kann s niemand
recht macha
et amol
dr liebe gott!

Zivilcourage

Du hasch recht
hat r gsagt
zu dem
wo sein nachbar
en simpel gheißa hat.

Du hasch recht
hat r gsagt
zu dem
wo sein nachbar
ebbes rechts gheißa hat.

Du hasch recht
sagt r
zu dem
wo zu m sagt
du kannst doch et alle
nach m maul schwätza …

Wer etwas zu sagen hat, kann es nicht allen recht machen.

Erfahrung

Mensch
schwätzt der en lettakäs!

Denkt hat s jeder
bloß gsagt
gsagt hat s keiner.

Aber so isch …

Über d leut

Wer viel fragt
geht lang fehl.

Deshalb isch besser
mr fragt et soviel.

Nachher isch no doch recht
was mr tut.
Nachher sen se no scho zfrieda
d leut.

Versteckspiel

Der sagt andauernd mr.
Weiß der nemme
wie r heißt?
Kann der et i saga
i dr karle pfleiderer?
Muß der sich emmer
hinterm mr verstecka?

Niemand kann erwarten, daß jemand die eigene Meinung teilt. Aber jeder muß erwarten, daß jemand seine Meinung sagt.

I on dr Mr

Mr spuckt net in d luft.
Om halb elfe geht mr ins bett.
Mr ißt net mit de finger.

Was mr net alles tut
on was mr net alles
net tut ...

Ja wer ben i denn?
Ben e dr mr?
I han denkt
i sei au ebber.
I ben emmer no i
on et dr mr.
So han e denkt.
On i will zwischanei
au no des tun
was i für richtig halt.

Unermeßlich die Macht der Schmeichelrede!

Ein Buchstabe

Ei buchstab
der isch mir am wichtigsta
au wenn n andere
et so arg mögat.

Ein buchstaba
den nehm i gern en mund
au wenn r andere
et so arg schmeckt.

Ei buchstab
dr neunte vom alphabet
mir gfällt r
i mag n
i sag gern i.

Wer eine eigene Meinung hat, kann die Meinung anderer schätzen, achten und dulden.

Randbemerkung

Eins des muß e dr
fei scho gschwind saga.
Du hasch au da arsch
voller botschafta.
S wär gscheiter
du tätest amol
ei sach recht macha.
Aber s geht mi
ja nix an ...

Dialektik

I sag von allem ebbes.
No sag e nix.
Des isch mei standpunkt.

Von allem ebbes
isch von allem nix.
Do hasch du recht.
Aber nix isch
au ebbes
eba nix.

Schwäbische Ausdrucksweise

Mr kann sei sach
so oder so rum saga.

Dr professor sagt
Möchten Sie sich vielleicht
Ihres Jackettes entledigen?
Jetzt i – i sag halt
Tun se no au
ihrn kittel runter!

Mr kann sei sach
so oder so rum saga.
Mir schwaba
sagat s so rum.

Die geistigen Früchte reifen in der Stille einer Studierstube. Eine späte Lese schadet nicht.

Schwäbischer Stolz

I genier mi fei net
wega meiner sprach.
I schwätz schwäbisch
kei so a honoratioradeutsch
des wo niemand versteht.
On hochdeutsch
schwätz i scho gar net.
Wie wenn onser dialekt
oaständig wär!
Des isch doch kei makel
wenn mr schwäbisch schwätzt!
Ihr wissat no gar net
was r hen an eurer muttersprach!

Wir Schwaben haben zuwenig Selbstbewußtsein im Umgang mit unserem Dialekt.

Unter Freunden

Dr lotteles heiner
mei alter freund on kupferstecher
hat der mit mir schimpfa wolla
wega nix on wieder nix.
I glaub dem isch z wohl!

An mi nabruttla
do hat r aber pech ghabt.
Im schimpfa
ben i selber groß!

Narr
den han e zsammagstaucht.
Der isch ganz klei worda.
Ha i laß me doch et verschimpfa
do schimpf e lieber selber!

Der erntet keinerlei Widerspruch, der nichts zu sagen hat – der laviert, taktiert und paktiert.

Schimpftherapie

Dreckschwätzer
besserwisser
griffelspitzer
sesselfurzer
tintamaler
tagesfaulenzer
tagdieb
strauchdieb
gansdreckspeier
sitzungsgeister
aktaordner
erlaßhäuptling
krawattabinder
papiertiger
kaffeesäufer
bürohengst
bleistifthalter
ranzaspanner
lugabeutel
windbeutel
schleimbeutel
allmachtsspinner
obergscheidla.

Schö gschimpft gell?
Jetzt isch mr
au wieder wohler!
Kei angst
da hörer den
han e vorher aufglegt.

Schimpfen – eine Kunst

Schimpfa
des ghört bei ma
rechta württaberger zur kultur.
Schimpfa
des kann et jeder
des will glernt sei.
Schimpfa
des isch a kunst.

Lieblingsgericht

Was essat se denn gern?
fragt se me plötzlich
am andera end von dr leitung.

Was e gern eß
des isch gar kei so leichta frag
wenn mr et drmit rechnat.

Was eß e denn gern?
Do komm e schier gar
in verlegaheit.
Was sag e bloß gschwind?

I eß gern
machat se sich keine umständ
um was e se bitt!
Am liebsta eß e
linsa on spätzla
on a saitawürstle.

Der schlimmste Fanatismus ist der religiöse!

Vermutung

I glaub bald
dui isch bös mit mr.
On i weiß et amol warum.

Wahrscheinlich
isch des au gleich.
Dui will mit mr bös sei.

Aber i ben ra et bös
weil sui mit mir bös isch.
I laß se bös sei.

Vielleicht
isch se bös mit mr
weil i mit ra gut ben.

I sott grad au bös mit ra sei.
No wär se womöglich gut mit mr.
Oder au et ...

Wo wird noch erzählt? Wo pflegt man die Kunst des Erzählens?

Erfahrungswert

Ds gschäft
wär kei gschäft.
Bloß wenn s überall menschalat
on ällaweil ebber mauschalat
isch ds gschäft a gschäft.

Die knitze Ausdrucksweise der Mundart paßt nicht in unsere kalte, gewinn- und leistungsorientierte Welt. Im Dialekt spiegelt sich ein anderes Verständnis des Lebens: keinnütz oder keinnützig, das heißt gefühlsbetont, untauglich, lebenslustig, neckisch, mutwillig, spaßhaft. Alles menschliche Leben trägt einen Sinn in sich selbst. Das lehrt die Mundart bereits auf sprachlicher Ebene.

Nachrichtendienst

Karline
hasch scho ghört?

Was?

Em kuttlers willi
sei ds weib vertlaufa.

Wer sagt s?

Dr nachbar.

Wie – dr nachbar?
Von wem weiß r des?

D marianne häb s gsagt.
Se häb s von ihrer schulere.
Dui kennt scheint s em
kuttlers willi sein schwager.
On der häb gsagt
dem sei ds weib vertlaufa.

Weiß der ebbes gnaus?

Des weiß doch i et!
I glaub
nix gnaus weiß niemand.
Aber mei nachbar sagt
em kuttlers willi
sei ds weib vertlaufa.

Déjà-vu

S isch nemme dr wert.
Des hat kein zweck mehr.
Laß bleiba!
Mit m kopf isch no keiner
durch d wand komma.
Gib s auf!
Schmeiß da bettel na.
Verkämpf de net.
Tu de net onötig schinda!
Des renna isch glaufa.
Dui katz isch da baum nauf.
Mr kann en furz et
auf a brettle nanagla.

Das halbe Leben ist ein Kompromiß.

Zweifel

Dr schwab wird erst
mit vierzig gscheit.
Saget se – d leut.

Aber
i ben do a bißle vorsichtig.
Wenn die
wo über vierzig sen
gscheit sei sollat
also i weiß et
i han do meine Zweifel.

Das Perfekte fasziniert. Perfektion fasziniert. Wir müssen dieser Faszination gelegentlich widerstehen.

Tierkunde

Der kann klettra wie d sau.
Der kann fahra wie d sau.
Der kann laufa wie d sau.

Wenn e d leut
so schwätza hör
no muß e saga
a sau
des isch scheint s
a gschickts tierle.

Getroffene Hunde bellen. Wer aber bellt, beißt nicht. Denn wer bellt, kann nicht beißen. Also beißen nur die Hunde, die nicht bellen.

Armes Schwein

A sau
dui muß für alles herhalta.

Dreckig wie d sau
lumpig wie d sau
furza wie d sau
stinka wie d sau
schwitza wie d sau …

Do kann e
bloß no saga
armes schwein.

Manche Wahrheiten lassen sich nur auf übertriebene Weise zum Ausdruck bringen.

Gschwind

Gschwind gschwind gschwind
bei dir hör e bloß emmer
gschwind.

I mach gschwind mei kehrwoch.
I gang no gschwind
zur tante martha
on tu ra da hennastall mista.
I richt gschwind a vesper no
no putz e gschwind des mostfäßle
on no reiß e no gschwind
mit m stäffeles otto
den alta teppich raus.

Gschwind gschwind gschwind
du witt au fertig sei
eb da afangst.

Kindlicher Glaube gleicht einem kostbaren Schmuck des Herzens.

Dr Mr

Da mr
kennst den scho?
Ha den kennst bestimmt!

Dr mr – der isch überall.
Omnipräsent isch der
auf deutsch gsagt.

Mr sott
mr sott
mr sott
i hör bald
nix anders mehr.

Mr sott amol wieder
d fenster putza.
Do sott mr au
nach ama neua
schlüsselmäpple gucka.
Wissat se mr sott halt
a bißle langsamer tun
in onserm alter.
Heut sott mr
obedingt no gschwind
zu dem knöpfles fritz
seiner mutter
ihrm achtzigsta geburtstag.

Doch des könnt mr macha.
Warum soll mr s et tun?
Mr muß halt aufpassa
daß mr s au recht macht.
Mr sott s
am besta glei tun.
Sonst kriegt mr
nemme da rank.
Mr …

Ja ja – dr mr
der isch allgegawärtig.
Der isch überall.
Der tut no au alles.
Bloß
wenn mr so en mr
amol braucha tät
no isch r gwiß et do
on tut was mr tun sott.

Reformfreude

Wer dui verbrocha hat
dui schwachsinniga
kropfonötiga
sauriegeldumma reform

der ghört auf da hohaasperg
bei wasser on brot
on mit fernsehverbot

den tät e am liebsta
zentnerschwere säck mit eierkohla
d kellerstaffel nuntertraga lassa

holz spalta müßt der
de größte rugel
bis r kein knocha mehr spürt

wer dui verbrocha hat
dui reform
dui hirnverbrennta
so a kugelfur

i glaub
der isch et recht bacha
der will mucka seiha
on verschluckt kamel

gottlob
daß n et kenn
i könnt me grad vergessa.

Unterbewußtsein

Vor dene
die wo s ganz jahr et narret werdat
on au nie herzhaft sich freuat
vor dene
die wo nirgends a gfühl zeigat
on s ganz jahr ausglicha sen
vor dene
die wo nix aber au gar nix
vom hocker haut
die wo im leba net
ds maul sich verreißa tätat
vor dene
die wo so arg funktionierat
vor de pflichtbewußte
vor dene
han i angst.

Kein Mensch wird dadurch gerecht, daß er es anderen Menschen recht macht.

Bekenntnis

I ben a revolutionär
aber bloß hehlinge
drheim in dr stub.

Do mach i alles anders.
Do bring i alles fertig.
Do mach i alles besser.

Do gang i sogar
auf s rathaus zum schultes
on tu dem da rost runter.

Drbei weiß e doch
daß e kei stimm han im landtag.
Hehlinge halt ben e a revolutionär
im herza
in gedanka
in dr phantasie
oder wie d großmutter saga tät
wenn se no leba tät
Mit dr gosch bisch du groß.

Altersweisheit

Hätt der franzos
der präsident
der neue
hätt der bloß a bißle
a gfühl im ranza
a menschlichs
no tät r sich schäma
in grund on boda nei
on tät et mit atombomba
spiela

hat se gsagt
mit ihre achtaachtzig jahr.
On i han gsagt
gwiß wahr!

Wir müssen unseren Wortschatz im Hinblick auf militärisch geprägte Vokabeln kritisch prüfen. Ausdrücke wie Bombenwetter, bombig, bombensicher, Bombenstimmung, Bombengeschäft, Bombenerfolg, Bombensache, Bombenhitze wirken geschmacklos in ihrer umgangssprachlichen Verwendung.

Relativ

Früher
denkt r
wo r an früher denkt
früher
war d welt
no in ordnung
soweit se no et kaputt war.

Kommerz

Laß no den christbaum standa
on da adventskranz au.
Spar dr dui arbeit.
Tu nix onötigs.
Im augablick
isch advent on weihnachta.
Kannst verwarta bis d gschäfter
wieder a gschäft machat
mit m advent on mit weihnachta.

Infrastruktur

Weißt
dui neua straß
braucha mr
wega dr infrastruktur.

Übersetz mr zerst
des grausige wort
des grausige
no schwätza mr weiter.
Infrastruktur
sag s auf deutsch.
On wenn da s hasch
kommst wieder.

I wart heut no
auf mei übersetzung.
Dr sel
der isch nemme komma
der worthülsadrescher
der neunmalgscheite.

Schweigen ist auch eine Form des Redens.

Im Filstal

Zwischa göppinga on eislinga
im filstal
wo i herstamm
on siebnazwanzg jahr glebt han
im filstal
bei de blaidlinger
on bei de brandstifter
im filstal
wo s amol schö war
wo i no klei war
also im filstal
zwischa göppinga on eislinga
hat s no fuffzig meter grün geba
no so a insel
mittla drin im graua
a wunderschöns fleckle erde.

Des hat dene stadtväter
dene göppinger on dene eislinger
et no gfalla.
Et no hat des dene gfalla.

Se hen s tapfer zubaut.

Heimat

Drheim sei
geborga
im frieda

a bißle
wie im paradies

scho jetzt
heut
im augablick.

Reiselust

Auf d malediva fliega
on nach hongkong
aber no nie auf dr alb gwesa
oder im schwarzwald!

Lieb heimatland ade…

Mobilität

Mir tut s dr schöbuch
dr schwarzwald on d alb.
I muß et an jedem freia tag
weiß dr herr wona fahra.
Aber i ben au
a altbachener dinger!

Die Aussage, in den Naturwissenschaften bedürfe man nur des Denkens und nicht des Glaubens, ist falsch. Am Anfang steht der Glaube. Aus dem Glauben folgt das exakte, vernunftgemäße, beweisbare, sich in Raum- und Zahlengrößen ausdrückende, objektivierende Denken. Was wäre der Naturwissenschaftler ohne den Glauben an seine Sache? Dieser Glaube ist gleichsam das Axiom, der als absolut richtig anerkannte Grundsatz, die gültige Wahrheit, die keinen Beweis fordert, die nicht abgeleitete Aussage. »Ich glaube, um zu erkennen« (Anselm von Canterbury). Die Erkenntnis wächst aus dem Glauben. Ein Denken ohne Glauben gibt es nicht. Der Glaube steht zeitlich und sachlich vor dem Denken. Er denkt das Unbedingte.

Tourismus

Was alle krieg
on aller ofrieda
was onser wohlstand
auf vier räder
was dui asphaltkultur
mit dera betoarchitektur
was de ganz industrie
onser handel on wandel
was alle mitnander
no et gschafft hen
daß d welt sich nemme dreht
sondern aus de angla springt
des bringt der dohanna
an ma schöna tag voll na
dr tourismus.

Der moderne Tourismus ist der schleichende Tod einer alten Reisekultur.

Traurig

Wenn mr henna
in enge käfig neisperrt
daß se nemme schnaufa könnat
no kommt dr tierschutz.
Jetzt d leut
die hockat freiwillig
ins kleinste flugzeug nei
on fliegat a paar mal im jahr
um de halb welt
in a wildfremds klima
wo se sich schier et rega könnat.

Die Moral neigt dazu, sich absolut zu setzen. Sie predigt ein absolutes Wissen um Gut oder Böse. Sie predigt das absolute Handeln, die Sicherheit einer Tat.

Sonnenkult

Raus aus m flugzeug
ra mit m winterpulli
na an strand
on no natürlich
nagstrackt
in de prall sonn
wie se sen
käsweiß
wie s kätzle am bauch
bis se rot sen
krebsrot
wie brata.

Gelegentlich mag die Erkenntnis, daß vor Gott alle Menschen gleich sind, am Nacktbadestrand reifen.

Perspektive

Früher
hat mr morga gsagt
übermorga
in zukunft.

Heut
sagt mr gestern
damols
früher.

Verantwortung vor Gott läßt sich nicht trennen von der Verantwortung vor Menschen. Ein Demokrat kennt diesen Zusammenhang. Er verantwortet sich vor Gott, indem er sich vor den Menschen verantwortet. Er verantwortet sich vor den Menschen, indem er sich vor Gott verantwortet. Der religiöse Monarch ist ihm genauso verdächtig wie der ideologisch-pseudoreligiöse Autokrat.

Zaungast

Ds leba isch a kampf.
So denkt r manches mal.
Den sott mr direkt kämpfa
den kampf.
Do sott e me schier gar
drauf eilassa.
So denkt r scho.
So denkt manches.

Bloß des kostat ja kraft.
So denkt r no au.
Aber des isch m
ds leba
doch et wert.

No läßt r lieber
den onötiga
den lästiga
den obequema kampf
wega m leba.

Do zieht r sich
tapfer zrück
in seine vier wänd
in sei schneckahäusle
in sei eiges leba.

On wenn r no sieht
wie andere kämpfat

no lehnt r sich
au voll zrück
in seim fernsehsessel
on denkt gmütlich
s isch gwiß wahr
ds leba isch a kampf.

Tretmühle

Ds leba isch manchmol
wie a tretmühle.

Do schaffst
on kämpfst
on strampelst de ab
do bisch bloß no am reifla
aber
kommst halt et vorwärts
kommst et rum
siehst eifach kei stück.

Ds leba isch manchmol
wie a tretmühle.

Neidhammel

En neidischa menscha
heißt mr en neidhammel.

Weil – in ra schafherde
bringt dr futterneid alles durchananander.

Wenn a saftigs gräsle
am rai steht
no druckt dr neidhammel her
on boxt seine schaf auf d seite.

Aber wenn r hat was r will
de saftigste hälmla on gräsla
nie isch r zfrieda
emmer will r no mehr.

Bei ons menscha isch gleich
dr futterneid bringt alles durchananander.

Alle hen s besser wie i
denkt dr neidhammel.

Im Fragment liegt die Ganzheit.

Dankbarkeit

I dank dr schö
sag e.

Für was au
sagt se
nix zum danka.

Doch
sag e
i han zum danka.

Meinst
sagt se.

Ja
sag e.
A guts wort isch ebbes
a guts wort
a tässle kaffee
a eistort
dr freundlich deckte tisch
serviett
kerzalichtla
wenn des nix isch!
Also
sag e
i dank dr schö.

Autonomie

Zahl dei sach
no brauchst et dank schö saga!

I will aber dank schö saga
do ben e eiga!

A geizhals wirst sei a rechter.
So ebber sagt gern dank schö.

Steig mr in d tasch
mit deim lumpiga geiz.

Dr geiz war no nie lumpig.
Im gegateil!

I nehm gern ebbes a
aber gwiß et weil e
gern d hand aufhalt.

Warum no?
Isch dr geiz verbota?

I sag gern dank schö
et weil e geizig wär
was soll der geiz
weil e gern dank schö sag.
S isch doch et alles
auf meiner miste gwachsa.

Undank

Rutsch mr
da buckel ra
mit deim gebruttle
mit deim andauernda
mit dem gejammre
was de andere könnat
was de andere hen
was de andere tun.

Des isch dr odank
onser menschlicher odank.
Wie wenn du niemand wärst!
S isch doch jeder für sich ebber.
Mr hat halt seine gaba.

I kann et auf ma seil tanza.
I kann überhaupt et recht tanza.
On musikalisch ben e scho gar et.
Mit de ohra kann i et wackla.
Jongliera kann i et.
On mala han e au no nie könna.

Aber drfür kann e ebbes anders.
On so wird s bei dir au sei
du odankbarer tropf.

Neid

Dr neid
isch a böser gsell.
Wenn de der am wickel hat
hasch am leba kei freud mehr.
Do isch dr alles verleidat.
Mit niemand kannst gut sei
weil da keim ebbes gönnst
et amol dr selber.

Dr neid
macht en griesgram aus dr
en ewiga bruttler
zletzta bisch mutterseelaallei.

Dr neid
wuchrat in dr drin
wie a krebsgschwür.
Do gehst bald am stock
krumm on bucklig
am boda zerstört
a halbs wrack
on zmal bisch verlora.

Dr neid
wie klei fangt r a
im kinderzimmer
wega ma spielzeugauto.

Selbstrechtfertigung

Du paß amol auf
i muß de ebbes fraga.

Denkst du manchmol au
Ha i ben eigentlich scho recht?
Verstand me net falsch
et daß da en fürchtiga grattel hättest
on bloß no mit dr krawatt
ins bett ganga tätest.
Nei i mein eifach so des gfühl
hasch du des manchmol au
Mensch i ben doch recht
mit mir isch et schlecht gschirra
do kann doch niemand ebbes saga
onser hergott eigentlich au et?
Des mein i weißt
daß mr grad denka könnt
d bäum tätat voll
in himmel neiwachsa.

Aber du i hör mei großmutter
Jeder hat en brand im arsch
brennt r net no glostat r.

Stimmenwirrwarr

Overdruckt
ogeniert on
ozwunga
so sott e halt sei
gradraus
aufrichtig on
ehrlich.

Aber drunternei
hör e ebber schwätza
um me rum
in mr selber.
Gang mit dr zeit.
Plag dei gwissa net.
Sei tapfer a spitzbub.
No bringst dei schäfle
ins trockene.

Bloß – wenn e des hör
des gschwätz
no hör e ganz leise
au a andera stimm.
Lieber a ehrlicha haut.
Ehrlich
währt am längsta.

Zweifel

Was meinst
wär s auf onsrer welt besser
wenn alle so wärat
wie i sei sott?

I weiß et.
Wie sott e denn sei?

Ha weißt doch!
Mr sott sich halt
a bißle am riema reißa
on a anderer kerle sei!

Mr sott mr sott
mr sott soviel!

Ja wär s no
besser auf dr welt?

I weiß et.
I glaub s et.
S sott halt
a anderer komma als dr mr.

Weisheit kommt auf leisen Sohlen daher.

Pechrabenschwarz

So ein tag
dodrgega isch kei kraut gwachsa.
Do lauft alles on gar nix glatt.

Willst de leut ebbes vorlesa
no vergißt dei buch drheim.
Im auto träumst vor de na
fährst z schnell on wirst blitzt.
Ds feuer bringst et a
weil s papier nemme brennt.

On kannst et amol ebbes macha.
Du änderst nix
au wenn da gar et aufstehst.
Wenn da liegableibst
on a buch liest no brichst dr
beim umblättra da finger.

So en tag
so en pechrabaschwarza tag
den mußt nehma wie r isch
mit gottvertraua on humor.

Glockengeläut

Samstag abends
wenn e hör
daß d glocka läutat
no mach e ds fenster auf
en spalt
horch naus
on nehm des gläut
in me auf.

On no weiß e
daß d woch rum isch
im flug.
No seh e on hör e
wie d zeit verfliegt
on onser leba dohonta
kei halta hat.

No weiß e
bald isch sonntag
dr herratag
a ruhetag
a tag zum gruba.
Die glocka läutat
de neu woch ei.

On no mach e ds fenster
ganz auf
on horch

dem gsang
on dem gläut
von dene glocka zu
die wo me eiladat
zum gottesdienst.

Mitta in da lärm
on in dui oruh
in mir
on um me rum
läutat die glocka nei
wie wenn se tätat saga
komm au mensch
vergiß dein gott et.

Der Jude lebt aus der Gesetzesgerechtigkeit. Katholiken und Protestanten leben aus der Werkgerechtigkeit. Der moderne Mensch lebt aus der Selbstgerechtigkeit. Christen leben aus der Glaubensgerechtigkeit.

Salz

Matthäus 5, 13

Salz
hat r zu mr gsagt
salz
müssat r sei
ihr christa.

Des stimmt et
han e zu m gsagt
in meiner bibel
steht s anders.
Mr sen salz.

Stimmt
hat r zu mr gsagt
ihr sen salz
on doch sen r s et.
Ihr sen
honig on pfeffer.

Des stimmt et
han e
wolla zu m saga.
Aber
i han nix mehr gsagt.

Sünde

Um da flecka rum
hen se a neua straß baut.
Zwanzg jahr über zwanzg jahr
hem mr auf dui gwartat.
Aber jetzt hem mr könna
nemme vierzehn tag warta.

Dr gmeinderat hat s durchboxt.
Vierzehn tag no wär
d frucht voll reif gwesa.
So sem mir.

Mir lebat nemme mit dr natur.
Ohne d natur leba mir.
Mir lebat gega se.
Ons fehlt d ehrfurcht
vor onserm herrgott.
Des isch onser sünd.

Das Auto, unser liebstes Kind, verkörpert den Aufstieg *und* den Niedergang der kulturellen Entwicklung der Bundesrepublik.

Jesusmäßig

De eine die hen sich
amol wieder jesasmäßig gärgert.
On de andere die hen sich
jesasmäßig gfreut.

De eine dene isch des
scho jesasmäßig schwergfalla.
De andere freilich die hen sich
jesasmäßig amüsiert.

De eine die sen
jesasmäßig verschrocka.
On de andere dene
hat s jesasmäßig gutdo.

Jesasmäßig jesasmäßig jesasmäßig
für was der alles herhalta muß
onser herr jesus.
Aber vielleicht isch ebbes gut drfür
wenn s dauernd heißt
jesasmäßig.

Weil – eins könnat r dodra seha
dem jesus dem war gwiß
nix menschlichs fremd
s lacha net on s heula net.

On deshalb hen scho damols
wo r no glebt hat
de eine
sich jesasmäßig über n gfreut
on de andere
sich jesasmäßig über n gärgert.

Grad weil de eine
em jesus nachglaufa sen
und an m
a jesasmäßiga freud ghabt hen
grad dodrum sen de andere
jesasmäßig narret worda
on hen n
ans kreuz gschlaga.

Ja an dem jesus
sen d meinunga
scho emmer ausanandergang a
on zwar jesasmäßig.

Entdeckung

Wenn da so dohockst hinterm schreibtisch
on schaffst on machst on denkst
bis da aislig wirst vor lauter gschäft
on schier kopfweh kriegst
wenn da ds eine oder andere
nemme naus bringst aus m kopf
womöglich hasch grad mit ebber telefoniert
wo sich da kropf gleert hat
wenn ebbes in dr schafft wenn da schaffst
on wenn da no nachgibst
on still on stiller wirst
wenn deine gedanka sich sammlat
no merkst auf einmal
daß aus dem was de omtreibt
a gebet wird
on daß da s in andere händ legst
no kapierst plötzlich
alles wartat drauf
daß a grunzelta stirn sich entspannt
on schaffhänd sich faltat.

Das Gebet ist eine Geste des Urvertrauens.

Liebe

De ganz welt schreit drnach
nach liebe.
Aber grad do
kannst nix verzwinga.

Keiner kann se sich verdiena.
Liebe
dui fällt eim zu
mittla nei in schoß.
Do mußt bloß
lang gnug warta.

On no wenn da vielleicht
gar nemme dradenkst
no kommt zmol ebber
druckst a weile drumrum
on sagt ebbes
von nett sei
von möga
on von liebe.

Seelenmassage

Wenn mr unta isch
wenn mr da bettel
am liebsta tät naschmeißa
wenn da so richtig
in de seil hängst
wenn ein alles akotzt
wenn mr d schnauz
gstricha voll hat
wenn da an nix
kei freud grad hasch
wenn eim alles drübernei isch
wenn mr sich fragt
warum warum warum
wenn mr mit m lieba gott
au voll hadert
wie tut des gut
des isch wie a seelamassage
wenn do ebber ein tröstet
on sagt
du – du hasch doch mi!

Indiskrete Frage

I bring s nemme zsamma
was der mi gfragt hat.
Ob i dui tät – lieben?
So kann bloß einer fraga
von dr norddeutscha tiefebene.

Mensch meier
was sollst do saga als schwab!
Über so sacha
wolla mir et viel saga.
Des gesäusel von dene dohoba
liebe on so weiter ich liebe dich
des könna mir et braucha.

Ob i dui tät – lieben?
Daß r zfrieda isch
han e halt gsagt
S isch ebbes dra.

Mundartpflege fördert die Verbundenheit mit unserer Heimat. Sie stärkt im Kampf gegen fortwährende Heimatzerstörung.

Liebesgeflüster

Sie: Mr mögat ons arg …

Er: … bis auf des
wo mr ons et mögat.

Sie: Ja – manchmol
möga mr ons et so arg.

Er: Aber möga tun mr ons emmer.

Sie: Drunternei
möga mr ons – au gar et.

Er: Ha doch
mr mögat ons scho …

Sie: Ja was jetzt
möga mr ons
oder möga mr ons et?

Er: Natürlich möga mr ons …

Sie: Meinst?

Er: S wird scho so sei
mr mögat ons!

Hagestolz

Sel mannsbild
hat im leba kei weib gfunda.
Aber gwiß et
weil dr liebe gott
hätt net eins nagrichtat.
Der hat womöglich
a paar glei gschickt.
S war aber keis recht
et eins.

Reich hätt se solla sei
daß sach zum sach kommt
recht verschlaga
daß ds sach no mehr wird
eifältig
so eina läuft in dr furch
on natürlich fromm
s könnt für ebbes gut sei.

Was der gern
für a weib ghabt hätt
der hagebüchene dingeler!
Isch des et a bißle
viel verlangt?
Do kann eim
dr liebe gott leid do.

Liebe und Liebe

En meter achtasiebzig
schö schlank on sportlich
a netts ärschle
obarum zart besaitat
lange haar mit locka
eifach a feina seel
mit braune auga
so han e mr s emmer
ausgmalt – mei mädle.

I kann et anders.
I ben a mensch
on i seh alles menschlich.
Aber i weiß
on i laß mr des et nehma
s gibt no a andera liebe.
Dui isch et so menschlich.
Do steht jedes nomol
in ma ganz andera licht.

Die Kunst der Unterscheidung ist die entscheidende Kunst.

Frühlingserwachen

D natur wacht wieder auf.
S fangt a zum blüha
rings um me rum.
D bäum schlagat aus.
I seh bloß no knospa
wo e au naguck.
Dr winter
jetzt kann r voll ganga
jetzt hat r verspielt
mit seiner kälte.

S wird wärmer – mir au.
I seh d farba wieder.
I leb auf.
I kann mi entfalta.
I fang au a blüha.
I kann wieder lacha.
I han a freud
an meim achtele.
Mir schmeckt s wieder
ds leba.

Weil
s hat me ebber
in arm gnomma
on gsagt
I mag di.

Gewißheit

Was ist elender
als Ungewißheit?
Luther

Wissa wo e naghör
mit meine mucka
on macka on mödela
mit meiner vergangaheit
spüra daß me ebber mag
sei dürfa wer e ben

wissa wo e naghör
zu welche leut
on zu welchem gott
vertraua aufs wort
seha daß e ebber ben
hoffa glauba träuma

wissa wo e naghör
des wär ds leba.

Schätzle

Schätzle
saga mir
wenn mr ebber arg mögat.

Schätzle
net schatz.
Mir sen fromme leut
mir schwaba.

Schatz
des wörtle
bringa mr schier net raus.

Weil
schätzla gibt s viel
aber schatz halt ein
ein gotziga
im himmel.

Mir sagat
schätzle
on et schatz
weil au ds beste schätzle
et mehr isch wie a vorgschmack
auf des was amol kommt.

Dohonta
hem mr

a schätzle
dodroba
en schatz.

Binsenweisheit

Doneulich ben e
beim doktor ghockt.
No han e
so a blättle aguckt
on en bericht glesa
über an achtzigjähriga
on a sechsazwanzigjähriga.
Se häbe gheiratat.
Ja ja s isch et verloga
i han s glesa
schwarz auf weiß
on bilder warat au drbei
a achtzigjähriger
mit ra sechsazwanzigjähriga.
Jetzt weiß e gwiß
was e scho emmer
gwußt on gseha han
De alte gäul schleckat au
nach m junga gras.

Liebeslied

Wie liegst du vor mr do
wie gmalt
a bild
alter jugend on tugend
a paradiesgärtle
zwischa lauter schandflecka
nagstreichlat
mit feinem verstand
wie von höherer hand.

Mir schlägt s herz im leib
wenn e bloß an de denk.
Bei dir isch d kirch no im dorf
on d leut sen no rechte leut
et so verdruckt on verruckt
wie anderswo.
In deine maura ben i drheim.
Do isch mir s wohl – sauwohl.
Mi treibt s et fort.

Du bisch mei ein on alles
mei hab mei gut
mei sach on mei ehr.
Ohne di wär e net do

bei dir bleib e
du gfällst mr.
Ohne di wollt e nemme sei
auf di laß e nix komma
gwiß et.

Deine mädla
sen de schönste im ganza land
schöner wie schö
viel schöner no wie dr schöbuch
gsichtla wie engel
bäckla tiefrot wie ds herbstlaub
on göschla feurig süß
so süß wie a beerle im frühjahr
grad zum verküssa.

Gärtringa
mei gärtringa
wenn e nix weiß
aber eins weiß e doch
Di mag i.

Vergangenheit

Lebst au gern in dr erinnerung?
Tätest am liebsta manches zrückhola?

S geht et
S geht nemme.
S isch vorbei
endgültig.

S hat scho lang ebbes neus agfanga
scho do wo s alte no do war.

Kannst em alta et nachhänga
sonst bisch et do für des neue.
On brauchst au et em alta nachhänga.
Was verganga isch isch verganga.

Aber gel
s tut weh.
S war schö.
I weiß.

Die wahre Freiheit besteht darin, etwas nicht zu tun, was man tun könnte.

Charakterbild

Am liebsta okompliziert
manchmol au eiga
oft ängstlich on osicher
a rechter gwohnheitsmensch
kein grattel gwiß et
aber wenn s gilt selbstbewußt
daß s em teufel graust
kaum amol ozfrieda
dankbar – meistens au fröhlich
drunternei scho saumäßig narret
on grandig was bloß grandig heißt
a gstärkts hemd a gispel
verschlossa zuknöpft
s herz aber au auf dr zung
gutmütig et nachtragend
wie oft z weich z verträumt
mit ama haufa gfühl
öfters aufs maul gfalla
aber glei wieder auf draht
on zwischenei frech
wenn s sei muß rotzfrech
halt a ehrlicha haut

des ben i
a kerle wie öl
bloß et so fett.

Geburtstagsgruß

Allen Achtzehnjährigen

Mit achtzehn
isch ds leba a traum.
  Do han e ds maturum gmacht
  ben aufsässig worda
  han da koller kriegt
  ben zum vater ganga
  on han zu m gsagt
  Jetzt ben i ebber
  a gemachter mann.

Mit achtzehn
isch im leba alles no offa.
  Do ben e naus
  drenei ins leba wie e war
  weil dr vater gsagt hat
  Solang da d füß
  unter mein tisch hängst
  bisch du a rechter
  württabergischer tagesfaulenzer.

Mit achtzehn
gleicht ds leba einer spielwies.
Do findest keine gleiser
niemand trampelt drinrum
on keiner reißt a blümle ab.

Mit achtzehn
hat ds leba kaum agfanga.
Do siehst die wolka net
wie an ma strahlend klara frühjahrsmorga
no vor em sonnaaufgang.

Mit achtzehn
isch ds leba voller blüta.
  Do han e a geburt ghabt
  a politischa
  de deutsch frag.
  Do hen se me gmustert
  aber i han scho vorher gsagt
  Mei lebtag
  nehm e kei waff in d hand.

Mit achtzehn
isch im leba alles schö schwer.
  Do hat me keiner verstanda
  außer em lieba gott
  on vielleicht et amol der.
  Aber doch isch r mitganga
  au wenn e drunternei
  arg durchanander
  on dr mutter a last war.

Mit achtzehn
do ghört eim de halb welt.
I tät am liebsta nomol leba
wie wenn e achtzehn wär
mit m gleicha vertraua.
Obwohl – jetzt ben e au scho
zweimol achtzehn.

Jede Landschaft drückt ein Gefühl aus. Wir sehen Bilder der Trauer, der Freude, der Schönheit, der Anmut, der Leere, des Glücks. Die Natur im Wandel der Jahreszeit und im Wechsel von Tag und Nacht, Regen und Sonnenschein, Kälte und Wärme – die Natur in ihrer Veränderung ist ein Spiegel unserer Gefühlswelt.

Samstag abend

Am letzta samstag abend
mr sott s schier net glauba
do han i kei arbeit ghabt
kei arbeit kei gschäft
on kein umtrieb.
Et amol ds telefon isch ganga.

Non han e d sportschau aguckt
em vfb stuttgart sei gekicke
oentschieda gega en abstiegskandidata.
Do han e müssa au denka
Könnat die jetzt et gwinna
wenn i zeit han zum fernseha?

I ben no in d küche
han a trockes brot
on en most gholt on
han me in mei studierstub gsetzt.

Wenn mr so in d ruh neikommt
no fällt eim allerhand ei.
Manches han e tapfer aufgschrieba
im augablick wär s wieder weg.
Schö isch han e denkt
wenn mr zeit zum denka hat
eifach so

ganz allei für sich
grad zum zeitvertreib
em gschäft zum possa.

Des han e do
an selbigem samstag abend
über ds leba nachdenkt.
Mei bibel han e aufgschlaga
on han en psalm glesa.
In d seel nei hat mr des gut do.

A bißle sinniera über ds leba
dodrfür sott i mir öfters zeit nehma.
Aber – do brauch e
no manchen ruhiga samstag abend.

Die im Alltag gesprochene schwäbische Mundart ist einer prosaischen Poesie vergleichbar – ob ihrer anschaulichen Ausdrucksweise, ob ihres Reichtums an Bildern.

Begegnungen

Do seh e ebber
en wildfremda menscha
ben für en augablick
oder au für a paar
mit m zsamma
unterwegs durchs leba
seh sei gsicht
guck m in d auga
seh sein blick.

On no frag e me
warum e dem begegne
on et ama andera
was den umtreibt
was seiner meinung nach
d welt zsammahält
warum sich ds leba lohnt
oder au et
was r von sich selber hält
on vom lieba gott
ob e den eina
wo mr do verkommt
ob e den wiederseh
in dr ewigkeit
weil seler augablick
wo n zufällig seh

oglücklich isch
on bald alles offa bleibt?

On wie e no sinnier
seh e scho da nächsta
han wieder meine fraga
krieg vielleicht sogar antworta
manches verspür e
weil manches sei leba
vor sich herträgt
wie en schutzschild.
On wieder einer
wieder so a augablick
a lächla – a fröhlichs
aber in dem lächla
a traurigkeit
dui melancholie
von ma verlebta gsicht
wie wenn eins wär enttäuscht
oder tät nemme viel erwarta
vom leba.

Letzter Wunsch

Wenn e morga müßt sterba
was e gwiß net hoff
i glaub i könnt saga
i han viel erlebt
was ds leba bietat.

I han glück ghabt i glückspilz
han zeita verlebt
wo e d welt hätt
vor freud umarma könna.

I han pech ghabt i pechvogel
han zeita verlebt
durchlebt
wo e d welt nemme
verstanda han
au kein gott mehr.

Aber en wunsch
han e emmer no.
I wünsch mr da frieda
on zletzta en seliga tod.

Wenn s morga soweit isch
on i muß ganga
i bitt drum
daß e darf in ruh sterba
daß dr engel gottes
leibhaftig erscheint

on me in himmel trägt
wie mr a butzele
in sei bett neilegt
wenn s eigschlafa isch.

An den Tod

Du
jetzt fei no net
s isch no z bald
s hat no zeit
a paar jährla wenigstens
bis d kinder aus m haus sen
bis e im rentaalter ben
bis e mei sächle voll gschafft han
bis e nemme grattla kann.

Tod
i will no net.
Später später
später gang i gern.
No nix narrets.
Hasch ghört – später!

Sprachverwirrung

Wer eigentlich geht im Entsorgungspark spazieren?
Wo eigentlich klafft die Energielücke?
Was eigentlich bewirkt eine Nullösung?
Warum eigentlich bleibt ein Restrisiko?
Weshalb eigentlich bedarf es der
Geldwaschanlagen?
Wann eigentlich erfolgt ein Landschaftsverbrauch?
Wie eigentlich geschieht Zukunftssicherung?
Wem eigentlich erscheinen Waffen als
konventionell?
Wen eigentlich bedroht ein Bedrohungspotential?
Wieso eigentlich ist Straßenbegleitgrün
keine Farbe?

Etymologie

denken
nachdenken
eingedenk
Denker
Gedächtnis
Gedenken
Gedanken
bedenken
bedanken
denkbar
dankbar
Dank
danke
danken

Anachronismus

Zerrissene Natur
Inselgrün
inmitten des schwarz
grauen Meeres.

Gehetzte gejagte
zerrissene Menschen.
Im Dickicht
wie verloren
ein einsamer
Schienenstrang
kündet stumm
die versunkene Zeit.

Der Unterschied

Das umweltfreundlichste Auto
sagt der erste und zeigt
auf seinen neuen Daimler.

Das umweltfreundlichste Auto
sagt der zweite und zeigt
auf ein grasgrünes Goggomobil.

Das umweltfreundlichste Auto
sagt der dritte und zeigt
auf einen Porsche mit Katalysator.

Das umweltfreundlichste Auto
denkt der letzte und schwingt sich
auf seinen Drahtesel.

Einfache Geister

Nicht den Gedanken
das Argument den Gesichtspunkt
die Erwägung den Hinweis
vielmehr ein Schlagwort
eine Parole einen Slogan
eine Losung ein Motto
brauchen die einfachen Geister.

Zukunft statt Rot-grün!
Gegen soziale Kälte!
Frieden und Freiheit in Sicherheit!
Freie Fahrt für freie Bürger!
Weiter so Deutschland!
Steinzeit nein danke!
Fortschritt ja bitte!
Lieber rot statt tot!
Zukunft durch Leistung!

Nicht den Gedanken
vielmehr ein Schlagwort
brauchen die einfachen Geister.

Politischer Dialog

Zum Wohle des Volkes
spricht die Obrigkeit zum Untertan
zum Wohle des Volkes

muß das Straßennetz noch dichter
müssen Reiche immer reicher
und Arme immer ärmer

muß der Fortschritt geheiligt
und dem Wachstum gehuldigt

müssen Atome gespalten
und Feindbilder erhalten

muß der Weltraum bewaffnet
und der Bürger verwaltet

müssen Wälder vernichtet
und Flughäfen errichtet werden.

Es spricht also
die Obrigkeit zum Untertan
All dies zum Wohle des Volkes!

Es spricht indes
der Untertan zur Obrigkeit
Jawohl!

Bildungslücke

Wie bitte?
Das wissen Sie nicht?
Das ist eine Bildungslücke!

Wissen Sie etwa nicht …
… den kennen Sie doch oder?
Welch eine Bildungslücke!

Wie Sie sicher wissen…
Sie wissen es nicht?
Sie haben eine Bildungslücke!

Ich habe keine Bildungslücke.
Ich bin eine Bildungslücke
eine wandelnde Bildungslücke!

Zwischen den Stühlen

Den Rechten zu links
und den Linken zu rechts

der Kirche zu politisch
und dem Staat zu kirchlich

den Atheisten zu fromm
und den Frommen zu gottlos

den Grünen nicht grün genug
aber allen anderen zu grün

den Utopisten zu nüchtern
und den Realisten zu verträumt

den Konservativen zu progressiv
und den Progressiven zu konservativ.

Wo nur steht der Christ
der seinen Glauben lebt?

Unter dem Kreuz seines Herrn.
Er der gekreuzigte Gott
er allein wird das letzte
Wort über ihn sprechen.

Physiognomie

Sie sagt nichts. Ihr Gesicht sagt alles. Sie trägt ihr Herz im Gesicht, nicht auf der Zunge. Sie will ihre Sprache nicht sprechen. Ihre Gedanken und Gefühle prägen ihre Gesichtszüge. Sie spricht selten einen vollständigen Satz. Sie äußert Satzfetzen, Wortfragmente, sprachliche Bruchstücke. Aber ihr Gesicht – ihr Gesicht spricht. Ich lese darin wie in einem Buch. Sie kann keinen ihrer Gedanken verbergen. Jedes Empfinden übersetzt sie – in ein Lächeln, ein Lachen, ein Räuspern, ein Schmunzeln, ein Grinsen, in ein Kopfnicken oder Kopfschütteln. Sprechender noch sind ihre Gesten und Blicke, wenn sie sich in vertrauter Gesellschaft bewegt. Dann spricht sie mit tuschelnder Miene – beredt schweigend. Die Worte arbeiten in ihr und spiegeln sich leise in ihren Gesichtszügen. Ein stummer Dialog ist im Gange. Sie fängt jedes meiner Worte auf. Sie saugt sie gleichsam auf – wie ein Schwamm, um sie wieder freizugeben durch eine sprechende Gestik und Mimik. Ihr Gesichtsausdruck sagt mehr als hundert Worte. Sie hat ein sprechendes Gesicht. So unterhält sie sich mit mir. Wenn andere sich ihrer Sprache bedienen, führt sie mit mir ein stilles Gespräch. Ihre Lippen sprechen eine leise Sprache: lautlos und doch verstehbar. Ich weiß, was sie sagt – auch wenn sie nichts sagt, weil ihr Gesicht alles sagt.

Das Hohelied Salomos

Eines der biblischen Bücher verführt mich immer wieder zum Träumen: das Hohelied, diese Sammlung von Liebesliedern. Da erzählen zwei Liebende von ihrer Liebe. Sie besingen sie. Sie schwärmen von ihr. Sie preisen sie mit glühenden Worten. Ich weiß nicht, wo sonst in der Literatur so herzhaft, so vollmundig, so schön die Liebe selbst sich verklärt. Sie erzählt das Geheimnis menschlicher Nähe und besingt eine versunkene Traumwelt. Preis und Ruhm dem Bibelbuch ob seiner anmutigen Lieder, die den unendlichen Reichtum der Phantasie zum Leben erwecken!
Siehe, meine Freundin, du bist schön; schön bist du. Siehe, mein Freund, du bist schön und lieblich. Ein Zwiegespräch der Liebe. Freundin und Freund, vertieft in die Betrachtung ihrer Körper. Im Taumel der Gefühle erwächst der Gestalt der Geliebten eine gleichsam überirdische Schönheit. Deine beiden Brüste sind wie junge Zwillinge von Gazellen, die unter den Lilien weiden. Du bist wunderbar schön, meine Freundin, und kein Makel ist an dir. Die Angebetete erwidert den Gesang auf ihre Schönheit mit inniglicher Wonne. Sie ruft es hinaus, ihr Empfinden für den Freund. Er ist auserkoren unter vielen Tausenden. Sein Haupt ist das feinste Gold. Seine Locken sind kraus, schwarz wie ein Rabe. Sein Leib ist wie reines Elfenbein, mit Saphiren geschmückt. Sein

Mund ist süß, und alles an ihm ist lieblich. Die Frauen der Stadt sollen, nein müssen es wissen – wie schön er ist, ihr Freund. Merkt auf, hört! Mein Freund ist wunderschön. Er gleicht einer Gazelle oder einem jungen Hirsch. So ist mein Freund; ja, mein Freund ist so, ihr Töchter Jerusalems!
Liebestoll klingt diese Rede. Fast schon verzweifelt. Worte tragen manchmal nicht mehr. Sie versagen ihren Dienst. Wo die Liebe regiert und zwei Herzen einander wie im Traum verbindet, greift eine zweite Sprache Platz – das Schweigen. Lassen sich Sympathie, Zuneigung und der Charme gefühlvoller Zärtlichkeit noch in Worte kleiden?
Doch der selbstvergessen auf dem Körper der Freundin ruhende Blick sucht wieder die erste Sprache. So bricht der Freund das Schweigen. Wie schön ist dein Gang in den Schuhen! Die Rundung deiner Hüfte ist wie ein Halsgeschmeide, das des Meisters Hand gemacht hat. Jetzt entdeckt der Liebende, daß Schönheit ein Geschenk des Himmels ist. Verschwenderisch gießt der Schöpfergott Anmut und Harmonie über die Welt. Dein Leib ist wie ein Weizenhaufen, umsteckt mit Lilien. Dem Liebhaber wird die Natur zu einem einzigen Bild für die vollkommene Schönheit seiner Freundin. Wie schön und wie lieblich bist du, du Liebe voller Wonne! Dein Wuchs ist hoch wie ein Palmbaum, deine Brüste gleichen den Weintrauben. Dem liebenden Auge verwandelt sich alles. Die Welt – ein Kosmos, eine harmonische Ordnung, ein

Wohlklang, zum Klingen gebracht von unsichtbarer Hand, ein Kaleidoskop kräftiger, lebendig-bunter Farben.
Zwei Menschen verlieren sich in die Weite des Universums. Sie verspüren einen Abglanz vom Mysterium der Einheit aller Dinge. So nahe kommen sich die beiden, daß sie einander fremd werden und der Freund sich seiner Freundin zu vergewissern sucht in zauberhafter Poesie. Wer ist sie, die hervorbricht wie die Morgenröte, schön wie der Mond, klar wie die Sonne? Und er fordert sie auf, seine Geliebte: Wende dich hin, wende dich her, daß wir dich schauen! Helft mir, ihr Menschen, ihr Blumen, ihr Tiere, ihr Gezeiten – ich wanke, ich schwanke vor Liebe. Du aber, meine Freundin: Wende deine Augen von mir, denn sie verwirren mich. Doch er erkennt seine Liebste wieder. Und er nennt sie Fürstentochter. Sie ist ihm schöner als sechzig Königinnen. Eine ist meine Taube, meine Reine. Wie eine Lilie unter den Dornen, so ist meine Freundin unter den Mädchen. Liebe macht schön. Ihr Blick verändert. Die Geliebte erscheint in glanzerhelltem Lichte. Meine Taube in den Felsklüften, im Versteck der Felswand, zeige mir deine Gestalt, laß mich hören deine Stimme; denn deine Stimme ist süß, und deine Gestalt ist lieblich.
In der Bibel eine Sammlung von Liebesliedern! Davon bin ich begeistert. Das ist so menschlich und so schön. Kein hartherziger Gott, der zwei Träumen-

den ihre Träume verwehrt! Vielmehr ein Gott, der sich mitfreut, wenn Liebende sich freuen! Eßt, meine Freunde, und trinkt und werdet trunken von Liebe! Ich sehe in dieser Einladung ein Angebot wundervoller Zweisamkeit. Das Hohelied schenkt der Liebe einen Raum, in dem Gefühle frei sich entfalten dürfen.

Ich beschwöre euch, ihr Töchter Jerusalems, bei den Gazellen oder bei den Hinden auf dem Felde, daß ihr die Liebe nicht aufweckt und nicht stört, bis es ihr selbst gefällt. So spricht sie, die Schöne, und wirbt um ihren Freund. Er küsse mich mit dem Kusse seines Mundes; denn deine Liebe ist lieblicher als Wein. Wie ein Apfelbaum unter den wilden Bäumen, so ist mein Freund unter den Jünglingen. Unter seinem Schatten zu sitzen, begehre ich, und seine Frucht ist meinem Gaumen süß. Verrückt nach Liebe ist sie. Sie kann es kaum erwarten, bis er endlich kommt, um mit ihr zu schlafen, bis ihre Leiber sich finden und in wohliger Wonne zerfließen. Mein Freund komme in seinen Garten und esse von seinen edlen Früchten. Verzückt besingt sie ihre Liebe. Meinem Freund gehöre ich, und nach mir steht sein Verlangen. Komm, mein Freund, laß uns aufs Feld hinausgehen und unter Zyperblumen die Nacht verbringen. Da will ich dir meine Liebe schenken. Ihre Gedanken, ihre Gefühle, sie kreisen nur noch um das eine: um ihre Liebe zu jenem Jüngling.

Diese Liebe raubt ihr des Tages den klaren Verstand

und bringt sie des Nachts um den Schlaf. Halbwach liegt sie auf ihrem Lager, unablässig die Gedanken ihrem Freund zugewandt. Ich schlief, aber mein Herz war wach. Plötzlich läßt eine sinnliche Phantasie sie hochfahren. Ihr scheint, der Geliebte spräche. Da ist die Stimme meines Freundes, der anklopft und zärtlich flüstert: Tu mir auf, Schwester, meine Taube, meine Reine! Und sie selbst hört sich antworten: Ich habe mein Kleid ausgezogen, wie soll ich es wieder anziehen? Sie vermeint, ihr Geliebter strecke seine Hand durchs Riegelloch, und schon wallt ihm ihr Innerstes entgegen. Da stand ich auf, daß ich meinem Freund auftäte. Doch nachdem sie ihm aufgetan hat, erwacht sie aus ihrem Traum und wird ihres Nachtwandels gewahr. Schlaftrunken hastet sie durch die dunklen Gassen, um ihrem Freund nachzuspüren. Meine Seele war außer sich, daß er sich abgewandt hatte. Die Wächter schlagen sie wund. Aber sie rast weiter, trunken vor Lust, und macht mitten in der Nacht die halbe Stadt rebellisch. Ich beschwöre euch, ihr Töchter Jerusalems, findet ihr meinen Freund, so sagt ihm, daß ich vor Liebe krank bin. Mein Freund ist mein, und ich bin sein.

In einer anderen Nacht ist sie wieder unterwegs. Dann findet sie ihn, den ihre Seele liebt. Und sie hält ihn und läßt ihn nicht mehr los, bis er in ihrer Kammer liegt und mit seiner Liebe sie beglückt. Er, der Verehrte, Bewunderte, Angebetete, er erwidert nun ihr flehentliches Werben. Die Liebe gerät in Zwiesprache mit sich selbst. Du Schönste unter den Frauen, du hast mir das Herz genommen. Meine Schwester, liebe Braut, du hast mir das Herz genommen mit einem einzigen Blick deiner Augen. Wie schön ist deine Liebe! Komm, mein Freund, ich tränke dich mit gewürztem Wein und mit dem Most meiner Granatäpfel. Steh auf, Nordwind, und komm, Südwind, und wehe durch meinen Garten, daß der Duft seiner Gewürze ströme! Mein Freund komme in seinen Garten und esse von seinen edlen Früchten. Wie schön ist deine Liebe, meine Schwester, liebe Braut! Du bist wie ein Lustgarten mit edlen Früchten. Ohne daß ich's merkte, trieb mich mein Verlangen zu dir, zu der Tochter eines Fürsten. Ich will auf den Palmbaum steigen und seine Zweige ergreifen. Laß deine Brüste sein wie Trauben am Weinstock.

Gesang der Liebe. Lieder herzlicher Zuneigung. Unbefangen erzählen sie vom zärtlichen Spiel und von den kostbaren Freuden der Liebe. Doch die Worte brechen wieder ab. Schweigen kehrt ein. Stumm spricht nun die Sprache zweier Körper. Wenn sie zart sich umarmen, um dabei eins, ein Fleisch zu werden, wie die alten Dichter der Bibel es nannten. Seine Linke liegt unter meinem Haupt und seine Rechte herzt mich. Später, viel später finden die beiden Liebenden noch einmal Worte. Sie haben mich zur Hüterin der Weinberge gesetzt; aber meinen eigenen

Weinberg habe ich nicht behütet. Ich ward schwach, o ihr Töchter Jerusalems; ich ward schwach. Als der König sich herwandte, gab meine Narde ihren Duft. Da vergaß ich mich. Ja, um mich war es geschehen, als mein Freund mich verführerisch anschaut und spricht: Steh auf, meine Schöne, und komm her! Denn siehe, der Winter ist vergangen, der Regen ist vorbei und dahin. Die Blumen sind aufgegangen im Lande, der Lenz ist herbeigekommen, und die Turteltaube läßt sich hören. Der Feigenbaum hat Knoten gewonnen, und die Reben duften mit ihren Blüten.

Steh auf, meine Freundin, und komm, meine Schöne, komm her! Ihr Frauen der Stadt, glaubt mir: Als dieser König um mich warb, riß mich das Verlangen fort. Ich schwamm auf der erhabensten Woge einer himmlischen Glückseligkeit. Männer, Freunde, Söhne Jerusalems, leiht mir euer Ohr, auf daß ich euch kundtue die Liebe meiner Liebsten. Ihre Glut ist feurig und eine Flamme des Herrn. Wer wollte da widerstehen! Lieblicher als Wein ist ihre Liebe. Meine Freundin – sie gleicht einem Gartenbrunnen, einem Born lebendigen Wassers. Lege mich wie ein Siegel auf dein Herz. Denn Liebe ist stark wie der Tod und Leidenschaft unwiderstehlich wie das Totenreich.

Festhalten möchten sie ihre Liebe, verlassen die Grenzen von Zeit und Raum. Schwelgen in Gefühlen, um jenen wunderbaren Augenblicken die Ewig-

keit zu verleihen. Ihre Lust, ihre Treue, ihre Liebe – sie sei immerdar bewahrt bei Gott. Denn nur der Herr ist so lebendig wie die Liebe. Ihr Feuer brennt in göttlicher Kraft, niemals zu ersticken, es sei denn im Tode. Auch viele Wasser können die Liebe nicht auslöschen, und Ströme sie nicht ertränken. Wenn einer alles Gut in seinem Hause um die Liebe geben wollte, so könnte das alles nicht genügen.
Das Hohelied der Liebe – es lädt ein zum Träumen. Ich sehe sie vor mir, die beiden Verliebten. Wie sie taumelnd, trunken vor Liebe, sich in die Arme schließen und hinsinken auf ihr grünes Lager. Ihre Gestalten schmiegen sich aneinander und vereinen sich. Voller Freude springen frühlingshaft die Knospen auf und verbreiten den Duft. Die Schöpfung stimmt ein in den Gesang der Liebe. Ich lasse die beiden allein, damit ich ihre Liebe nicht aufwecke und nicht störe. Nun verbringen sie die Nacht unter Zyperblumen. Inmitten einer Welt, die ihr Antlitz mit Kälte schmückt. Um sie her ein Hauch von Zärtlichkeit. Und über ihnen der sternenklare, gewölbte Himmel mit einem heiteren Gott, der sich freut, daß zwei seiner Menschenkinder sich lieben.

Erinnerungen

Unterhosa, Unterleibla, Socka, Strümpf, Taschatücher, Handtücher, Hemder, Schlafanzüg …

Se hat onser Sach gern a bißle auf Vorrat kauft. Den Schlafanzug, den blaua, wo s obere Knöpfle nemme dran isch, den hat se mr zletzta no bracht – on den grüna glei drzu, wo d Hos langsam ausgleiert isch on nemme recht hebt, weil i kein neua Gummi neibring. Die Schlafanzüg hat se mr bracht, hat se vor me naglegt on hat me freundlich aguckt.
A paar Tag später hat se könna nemme komma. On se wär doch so gern no komma ...
Des kleine alte Mäpple, des Mäpple mit ra Nagelfeil on mit ra Nagelscher, dui Nagelputzete – dui stammt au no von ihra. Se hat mein Nama neigschrieba – da Vornama on da Nachnama, daß mr weiß, wem des Mäpple ghört on wie der heißt, dem wo s ghört. Auf a Pflaster hat se den Nama gschrieba on hat des Pflaster no neipäppt, daß mr s Mäpple net verwechselt, wenn e unterwegs war on vielleicht mehr so Mäpple zsammakomma sen.
Onser Sach hat se öfters zeichnat. Se hat da Nama auf a Stoffetikettle druckt oder gmalt oder brennt – i kenn me da et recht aus – on hat des Etikettle in d Kleider neignäht oder in d Bettwäsch. Des hat se fast no so schö gmacht wie früher de Alte, die wo ihr Sach on ihr Wäsch, de ganz Aussteuer, mit ihre Initiala kunstvoll verschönert hen.
Aber no hat se s könna nemme macha. Fast von eim Tag auf da andera ...
On jetzt kann e me schier et trenna von dene Sächla. I bring s et über s Herz, des Mäpple nauszum-

schmeißa – des Mäpple, des wo se mr rausgsucht hat on kauft on grichtat. On den lummeliga, lapperiga Schlafanzug. No heb n halt, daß r et nunterrutscht. Drheim rum tut s no. Im Bett spielt s sowieso kei Roll. Do sieht s niemand. Da andera, bei dem wo ds obere Knöpfle fehlt, den blaua Schlafanzug – jetzt bhalt n halt au amol. Lauter alts Zeugs – ausgleiert, abgwetzt on abgschabt. Aber oinaweg fällt mr s schwer, alles gschwind zum Sperrmüll nazumstella.
Weil – s hängat Erinnerunga dran. Aber irgendwann muß e alles nausschmeißa. So wie den Schirm, den wo e neulich gnomma on fortgschmissa han – ihrn alta Schirm. Bald isch nix mehr do von dene Erinnerunga. No han e bloß no a paar Bilder. Do lebt se weiter, auf a andera, tiefera Art. On die kleine, feine Erinnerunga, die bleibat au. A Mutter isch halt doch a Mutter.

Freundesbrief

A Briefle hat r gschickt – mei Freund. I han me richtig gfreut. Gstrahlt han e on han des Briefle tapfer aufgmacht. Jetzt ben e doch gspannt, han e denkt, was r schreibt. Aber wo e des Couvert aufreiß, da Brief rausnehm, n vor me naleg – do han e a langs Gsicht nazoga. Jetzt hat der gar nix gschrieba, et ei Wort. Der hat et amol unterschrieba! I war bös ent-

täuscht. Krieg i von meim Freund en Computerbrief! A Bildle, au des no vom Computer, on a paar druckte Wörter. Des isch a schös Dankschö!
Da meinst, er tät au a paar Zeila schreiba – von Hand ebbes schreiba, ebbes verzähla, sich ebbes von dr Seel schreiba. On no kommt a Brief vom Computer! Mit so ma komischa Bild. Lauter Punkt. Wie zsammagsetzt. Nix Persönlichs, Handschriftlichs, Eiges. Bloß a opersönlichs Zeugs. Oh Heimatland! Wenn de Alte scho afangat, no schreibt bald keiner mehr en handgschriebena Brief – de Junge glei gar et. No stirbt s voll aus, daß ebber a paar Wort schreibt. Schreibt. Mit ra schöna charakteristischa Handschrift. Wo vielleicht gar niemand lesa kann. Wo mr da Satz fünfmal lesa muß, bis mr n versteht. Ds Briefschreiba, des stirbt aus.
Irgendwann siehst kei wackliga Kinderschrift mehr on kei schnörkliga Schrift von ma alta Menscha. Nemme da Platz ausgnützt von ma Geiziga oder wie selbigsmol, wo mr kaum a Papier ghabt hat. Au nemme kreuz on quer gschrieba, daß dr Boga schnell voll isch, wenn eim nix eifällt. D Schrift et links on et rechts numzoga. S Häkle so rum oder so rum. Do a Bögle oder selt a Bögle. Em eina sei Strichle drüber, em andera seis drunter. Mit Füller on Tinte, mit ama Kugelschreiber oder mit ama Bleistift gschrieba. Ds Papier verstaubt on vergilbt oder halba verknüllt – de letzt Rechnung vom Elektrischa oder dr Mutter ihr gestriger Eikaufszettel. A

blütaweißer Briefkopf mit ordentlicha Zeila. Zoga mit m Lineal. Zerst vorgschrieba, daß gwiß ordentlich aussieht. On die herrliche Rechtschreibfehler. Die Komma, die wo vorna on hinta et stimmat.

Was hat des alles für a Roll gspielt? S war a Brief. A echter. Von Hand, mit dr eigena Hand gschrieba. S Alltäglichste. S Normalste. S Banalste. Mir guckat eines Tages drana wie an a Weltwunder. D Leut lesat nemme. Deshalb könnat se au net schreiba. No schreibat se kein Brief mehr. On wenn se ein schreibat, no tut s dr Computer. No muß r s do. Schö schreiba, recht schreiba, samt Punkt on Komma schreiba. Des muß alles dr Computer fertigbringa. De Junge – bald schreibat se kei Kärtle mehr, wo draufsteht, s Wetter sei schö on ds Essa sei gut. A Kärtle, heim dr Mutter. Oder a Briefle, do darf e gar et dran denka, a Freund seim Freund. So weit hem mr s bracht mit onsrer moderna Kultur.

I weiß aber eins: Seit dem Tag, wo i von meim Freund en Computerbrief kriegt han – seit dem Tag schreib i mei Sach nomol ganz anders. I schreib aus Überzeugung en Brief wieder von Hand. So altmodisch ben i. On s macht mr direkt a Freud.

Dunglege

Früher isch bald vor jedem Haus a Miste gwesa. S ganz Dorf war voll. Die Mistena hen drzughört. S wär kei Leba im Dorf gwesa, wenn s keine Mistena geba hätt. Au wenn ebber arm war – a Miste hat mr gseha am Haus. On wer isch et arm gwesa im alta Württaberg? A Miste hat dürfa et fehla. A Miste war dr Ausdruck für en bescheidena Wohlstand. Mr hat a Kuh ghabt oder au zwei on drei on a paar Säu on etlich Henna. S hätt ebbes gfehlt, wenn a Miste gfehlt hätt.

Allmählich aber seh e fast keina mehr. Heut geht s ons besser. Heut geht s ons gut. Onser Wohlstand isch nemme bescheida. Deshalb hen se müssa verschwinda – die stinkige, oansehliche Mistena. S hat längst a neua Zeit agfanga. In dui paßt des alte Sach von gestern nemme nei. On d Leut au nemme. Mir lebat in ra schönera, in ra reichera, in ra bequemera Welt. Mir hen a bessera Auffassung on a bessera Vorstellung vom Leba. Mir suchat bessere Ausdrück für onsern Reichtum. Ds eigentlich Schöne isch für ons nemme schö. Was natürlich isch, des isch für ons onatürlich.

Ons isch no lang et recht on billig, was de Alte recht on billig war. Mir hen scho andere Gschmäckla in dr Nas. Mir nehmat Astoß wega a paar Roßbolla auf dr Straß. A schöna Miste stört onser verwöhnts on verzoges Aug. A schöna Miste. Richtig schö nabeigt.

Kunstvoll gsetzt mit ama Berg mittladrin. A kleis Kunstwerk, wenn s im Winter inna dampft on außa nagfriert. Aber mit m Eifacha könna mr eifach nix mehr afanga. Die Mistena müssat voll weg. Oder wenigstens naus aus m Flecka, daß mr da Gstank nemme sieht.
Freilich, gwonna hem mr nix. Mr sottat wieder mehr in onsrer Bibel lesa. No hätta mr schnell a rechts Verhältnis zu dene Mistena. Onser Heiland isch arm gwesa. Der war bettelarm. In ma Stall isch r auf d Welt komma. On i weiß gwiß, vor dem Stall in Bethlehem – do war a Miste drvor.

Pyrophilie

Wie gern ben e früher an a Feuer nagsessa. I weiß no gut. Abends am Feuer – des war am schönsta. Wenn do verzählt worda isch, do isch mir s ganz anders worda.
So a knisternds Feuer on a Gschicht. A bißle a Helligkeit – grad so, daß mr anander gseha hat on drumrum kuhnacht. Vorna war s eim warm, fast heiß – wenn drnoch a paar Rugel brennt hen; on hinta bisch kalt worda on feucht – mittla im Sommer. Emmer die Funka, die wo do umananander gfloga sen. On zwischanei hat s en Kracher do – no isch a Ast weggfatzt, isch naufzischt wie a Raket in da Nachthimmel nei, in da schwarza. On wenn no

manchmol des ganze kunstvoll aufgschichtete Feuer in sich zsammakracht isch …

So a Lagerfeuer – de ganz Atmospäre: i kann des et recht beschreiba. I weiß bloß, des war oheimlich schö.

No isch gsunga worda. So manches Lied isch mr nachganga. Diskutiert hat mr, bis ds Feuer drunta war – bis bloß no kleine Flämmla um da letzta Holzbreckel züngelt sen, bis halt no a Häufle Asche daglega isch on d Kälte allmählich in d Kleider on in d Glieder neighockt isch. Verzählt hem mr. Betat. Glacht. Gschwätzt.

Die han e bis heut et vergessa, die sternaklare Nächt dohonta im Allgäu. Im Ohr han e no des Brenna, des Knistra, des Knacka. In dr Nas den Gschmack, wenn a Feuer so vor sich nabrennt, wenn s überall glostat on raucht. On i spür no, wie der Rauch d Nas nauf kitzelt on d Auga drvon brennat, weil dr Wind sich dreht. I han des alles vor mr, wie wenn s gestern gwesa wär. On seh me selber mittladrin: a junger Kerle – glücklich, obeschwert!

Jetzt no, wenn e wieder vor ma Feuer sitz, isch des fast wie selbigsmol. Do freu e me innadrin – freu me wie a Kind. On i tät am liebsta sitzableiba de halb Nacht. On bloß ins Feuer neigucka. So a faszinierends Spiel verfolga – des Spiel von dene Flamma. Wie se a Scheitle verzehrat. Wie se fertig werdat mit m größta Stamm. Dene Flamma zugucka, wie se rumschlagat on numschlagat – wie se alles versen-

gat, verbrennat, wie se sich ständig verändrat on doch emmer gleich on sich selber treu bleibat.
I sitz no emmer gern an ma Feuer. On s packt me a alts Gfühl: i muß afanga zum philosophiera …

Ein weiteres Buch von Manfred Mergel
im Betulius Verlag Stuttgart

Manfred Mergel
Das schwäbische Amen

Gärtringer Mundartpredigten
120 Seiten, kartoniert
ISBN 3-89511-041-8
Ausgabe mit Tonkassette: ISBN 3-89511-044-2

»Nur in unserer Muttersprache verstehen wir Gott. Und Gott versteht unsere Sprache. Dies ist die Einsicht Martin Luthers, die mich tief bewegt.« (Manfred Mergel)
Der Schwabe bedient sich dann seines Dialektes, wenn er aus dem Herzen spricht: wenn er schimpft, wenn er liebt, wenn er betet, eben dann, wenn es ihm wichtig ist.
»Pfarrer Mergel wählt die Sprache seiner Gemeindemitglieder, um die alltäglichen Fragen im praktischen Christenleben verständlicher zu beantworten. Er hat den Eindruck gewonnen, daß sich gerade eine Mundartpredigt durch gedankliche Schärfe und geistliche Tiefe auszeichnet. Wie das Evangelium Rede des Herzens ist, so gehen auch seine Predigten zu Herzen.
In gut lesbarem Schwäbisch sind einige seiner Predigten und Rundfunkandachten hier veröffentlicht. Sein Einfühlungsvermögen macht seine theologischen Aussagen zu hilfreicher Bibelauslegung. Mit seinem Sprachgefühl läßt er das Wort Gottes heimisch werden in der Lebenswelt seiner Zeitgenossen.« (Evangelisches Gemeindeblatt für Württemberg)

Betulius Verlag Stuttgart

Gerhard Vescovi
Seltsam ist das schon

Weihnachtsgeschichten zum Nachdenken
120 Seiten, gebunden mit Schutzumschlag
ISBN 3-89511-042-6

Wer nur objektiven Berichten und dem vertraut, was die Wissenschaft bewiesen hat, geht mit beschränkter Sicherheit durchs Leben, mit dem Wissen der Wissenschaft eben. Der Verfasser läßt die Hebamme von Bethlehem zu Wort kommen, sinnt über die stumme Rolle Josephs, des Vaters der Heiligen Familie, nach, berichtet von einem Gang junger Menschen zur Krippe und läßt die Erinnerung an den Heiligen Abend 1944 auf der Fahrt in ein Gefangenenlager wieder aufleben.
Die Weihnachtsgeschichten zum Nachdenken schlagen eine Brücke zum Wissen und den Erfahrungen aus dem Glauben, zur religiösen Dimension des Menschseins, die weit über die Erkenntnisse der Wissenschaft und des Verstandes hinausreicht. Das Ereignis Weihnachten bricht in den Lauf der Geschichte ein.

Betulius Verlag Stuttgart